쪽지 하나의 사랑

소통과 힐링의 시

쪽지
하나의 사랑

정이란 시집

출판
이안

소통과 힐링의 시

쪽지 하나의 사랑

초판 인쇄 | 2016년 8월 31일
초판 인쇄 | 2016년 9월 2일

지은이 | 정이란
펴낸곳 | 출판이안

펴낸이 | 이인환
등 록 | 2010년 제2010-4호
편 집 | 이도경, 김민주
주 소 | 경기도 이천시 호법면 단천리 414-6
전 화 | 031)636-7464, 010-2538-8468
팩 스 | 070-8283-7467
인 쇄 | 이노비즈
이메일 | yakyeo@hanmail.net
홈카페 | http://cafe.daum.net/leeAn

ISBN : 979-11-85772-32-5 (03810)

「이 도서의 국립중앙도서관 출판예정도서목록(CIP)은 서지정
보유통지원시스템 홈페이지(http://seoji.nl.go.kr)와 국가자료
공동목록시스템(http://www.nl.go.kr/kolisnet)에서 이용하실
수 있습니다. (CIP제어번호 : CIP2016020313)」

값 11,500원

서시

확인했어요
저랑
생각이 같으시네요

좋아요
사랑해요

1부

아낌없이 사랑하며 살아요

2부

낯익은 편지에 울다가 웃는

3부

당신이기에 오직 당신이기에

4부

그대 향기에 취해

5부

그냥 사랑하게 하소서

당신이기에
오직 당신이기에

안부

잘 지내고 있나요
그냥

연락도 없이 불쑥 나타났다 사라지고
뜬금없이 다시 나타나는

내 삶 속에 일부였던
친구에게 갑자기
묻고 싶어요

별고 없지요
무탈한가요

그대는

걷다 보았습니다
걸어오는 모습
활짝 웃는 얼굴
머물고 있습니다

믿을 수 없는 표정
금방이라도
내 이름 불러 줄 그대입니다

세상에는 기적이 일어나나 봅니다
한껏 부풀어 오른 붉은 달
오랫동안 바라보게 되는
그리운 모습이 내게 머물러
기쁨을 선사합니다

이렇게 여유로운 시간을
가져보는 게 얼마만인지
마음에 흐르는 감정들이
행복한 시간입니다

더 늦기 전에

나이를 먹을수록 쉽지 않다는 걸
왜 몰랐을까요

어찌 된 일인가요
나이가 들고 늙어간다는 건
자연스러운 일이잖아요

가슴 속 깊이 꿈꾸었던
어떤 꿈들이 있었는지
잃어버린 건 아닐까요

꿈을 잃어버린 채
후회하는 삶보다는
더 늦기 전 꿈의 날개를
펼쳐보아요

술 한 잔 할까요

술 한 잔 할까요

비가 오니
날씨가 많이 쌀쌀하네요

따끈따끈한 어묵탕
뒤끝 칼칼한 소주가 생각나지 않나요

혼자 마시는 소주보다
함께 마시는 소주가

더 맛있지 않나요
그냥 편하게 나와

마주치는 잔 속에
우정이 싹트고

취해도 편한 그런 친구
아니던가요

우리 술 한 잔 할까요

커피 한 잔 드실래요

비가 오고 있어요
제 마음에도
당신과 함께 카페에 앉아
커피 한 잔 나누고 싶어요

당신 머리카락을 만지고
얼굴을 쓰다듬어 보고
향긋한 헤즐럿 커피 향을 맡으며
커피 한 잔 드리고 싶어요

비와 함께 마음마저
촉촉이 젖어들어
그리움이 더 짙어지네요
이 카페에 앉아
당신을 기다려도 될까요

하루 종일 비가 내리는 날은

하루 종일 비가 내리는 날은
따뜻한 커피를 마시고 싶어요

쌉쌀한 아메리카노 한 잔에
유리창 빗금으로 흐르는

빗방울을 바라보며
따뜻한 커피를 마시고 싶어요

하루 종일 비가 내리는 날은
장미꽃 향기가 그리워요

빨간 우산을 들고
장미꽃을 사러 가요

장미의 향기 가득 품고
장미향 같은 사람과 함께

따뜻한 커피 한 잔 마시고 싶어요

봄 내음 차 한 잔에 담고

따뜻해진 햇살 한 숟가락
포근해진 바람 한 숟가락
봄 내음 담은 물 한 컵

봄 향기 물씬 풍기는
차 한 잔 어떠세요
은은하게 풍겨오는 봄 내음

싱그러운 초록 내음 한 스푼
풋풋한 들꽃 내음 한 스푼
상큼한 프리지어향 한 스푼

향긋한 화원을 낀 카페에 앉아
편안하고 포근한 날
차 한 잔 드세요

옥수수 드실래요

새벽부터 압력솥
전쟁 중
긴 수염 그대 소리에

쿵쿵거리며 돌아다니는
우리집 강아지
맛있게 노래 소리 전달하는
옥수수 맛

오롯이 피어오르는 추억
한 끼 정도
그대 노래하며
패스해 볼까나

어머니 사랑
정겹고 슬기로운 풍경들
화려한 사랑보다 더
아름다운 옥수수 드실래요

고마워요

행복이 눈 앞에 보여요
싱그러운 바람이 불어오니
초록이 넘치도록 춤을 추어요

그대 얼굴 보고 있으면
미소가 저절로 나오니
아마 이게 사랑인가 봐요

돌고 돌아 돌아온 인생
그대 내게 오시니
그저 행복이라 믿어요

행복이 행복에게 말합니다

햇살 가득한 날
투명한 유리병에
햇살을 가득 담아두고 싶습니다
당신 마음이 흐린 날 드릴 수 있도록

비가 오는 날
우산을 들고 버스 정류장에서
따뜻한 커피와 함께 기다리고 싶습니다
당신 모습이 해사해 질 수 있도록

바람 불어 좋은 날
듬뿍 담은 설렘에
노오란 장미를 주고 싶습니다
당신 내면이 질투할 수 있도록

하얀 눈이 내리는 날
운동장 한가운데에
눈사람을 만들어 드리고 싶습니다
당신 사랑이 돌아오도록

맘

거짓 없는 마음
누군가 마음과 만나서
소중한 것이

진실로 다가오는
따뜻한 사람
지켜주고 싶어요

사랑에 빛을 잃어
힘없는 눈동자에
어느새 당신 모습만 보여요

두 손 가득 깍지를 끼고
사랑을 속삭일 때
심쿵한 마음 아시나요

이것이 사랑일까요
흔들지 마세요
그냥 이대로 놔 주세요

그대에게

그대여
쓸쓸히 흐르는 구름에도
그대의 사랑 실어
모른 체하지 마시고
내 사랑을 받아주오

그대여
강물이 유유히 흐르고
구름이 유유히 흐를 때
그대 마음 다른 곳으로 흐르지만
난 오래도록 그대만 보고 있다오

그대여
마음과 마음이 만났거늘
무심한 체하지 마시고
당신 마음 열어
내게 말을 걸어주오

나 그대 마음 비추는
거울이고 싶소

가을 그리고 겨울

나뭇잎에 고운 색동옷
곱게 차려 입고
화려한 붉은 수를 놓아
한바탕 잔치를 벌였다

비와 바람을 몰아 앞세우고
하얀 눈꽃으로 온통 수를 놓아
곱게곱게 차려 입고
하얀 옥수 휘날리며
승무 한 판 휘어잡는다

하얀 세상은
한 꺼풀 껍질을 벗어던지듯
침묵으로 살포시 내려놓는다

소유하지 않는 사랑

인연이 닿아야 만날 수 있습니다
인연이 닿지 못하면 만날 일이 없습니다
하루하루 그대로 사랑하십시오

사랑은 그냥 오는 것이 아닙니다
매 순간 만족한다고 해서
오는 것도 아닙니다

멀리 떨어져 있어도 애틋함이 있다면
그저 그것만을 생각한다면
그대는 그 속에 있습니다

사랑은 소유하는 것이 아닙니다
서로가 얼마나 지키느냐에 있습니다
우리 매 순간
아낌없이 사랑하며 살아요

사랑은 말로 표현하세요

사랑은 말로 전해야
더 강하게 전달되는 거 아시죠
알아서 내 맘 알 거라고
생각하면 큰일 나요

말을 하지 않는데
어떻게 알아요
느낌으로요
눈빛으로요

살다 보면
느낌도 눈빛도
다 흐려져요
그러니 힘이 나게

말해주세요
내가 당신을 많이 사랑합니다
그럼 모든 역경들이
사르르 녹아버릴 거예요

사랑은 말로 표현하세요
지금부터 바로

그대 앞에

그대 행복한가요
그대 기쁜가요

행복해하는 모습이 보이네요
기뻐하는 모습이 보여요

사랑이 싹트고 있군요
얼굴이 환해졌어요

사랑의 꽃이 피었네요
해피트리처럼 싱그러워요

아시죠
행복은 마음에서
시작하는 거

그대 앞에 서서
행복합니다

그땐 왜 몰랐을까

순간의 감정들을
움켜 잡은 채

혼돈의 시간들이 흐르고 난 뒤
이제사 알 것 같다

내 맘이 너무 메말라
내가 더 사랑하고 있음을

좀 더 일찍 알았더라면
당신을 좀 더 많이 사랑했을 텐데

미처 당신을
늘 외면하는 모습만 기억할 뿐

내가 더 사랑하고 있음을
그땐 왜 몰랐을까

따뜻한 사람이 그립습니다

마음이 따뜻한 사람이 그립습니다
얼굴만 봐도 웃게 하고
목소리만 들어도 즐거워지는
그런 사람이 그립습니다

보기만 해도 포근한 사람
말없이 어깨를 빌려주는 사람
그런 사람이 있다면 행복하겠습니다

메마른 나뭇가지에 새싹이 나고
푸른 잎이 돋아 싱그러워지듯
상큼한 바람이 불어오듯
포근한 아지랑이처럼
따뜻한 사랑이 그립습니다

비가 오면 우산을 들고 기다려주는
눈이 오면 따뜻한 손으로 잡아주고
모닝 커피를 즐겁게 마시게 해주는
마음 따뜻한 사람이 그립습니다

그리움이 그리움에게

시선의 자취가 머무는
그대라서 사랑하고 있어요
사랑노래를 부르고 싶어요
비련으로 그리움이 더 깊어져요

보고픔에 그리워
너무 멀리 있기에 눈물이 나요
한번 터진 눈물은
망가진 수도꼭지처럼 멈출 수가 없어요

회색빛 하늘만큼
눈이 시리도록 보고 싶어요
너무나 애가 타
몸살이 날 것 같아요

빛바랜 옷처럼
마음이 아파요
심장이 구멍이 난 것처럼
뻥 뚫려 버렸어요

어디 한 군데 고장이 났나 봐요
차가운 바람이 가슴을 지나가요
가슴이 시리도록 그대가 그리워요

사랑해요
사랑해요
그리운 임아

향기 나는 당신

당신에게서 꽃향기가 납니다
바람에 실려 날아온 향기

바람 타고 오신 당신이
내 가슴에 오래도록 머물 줄
몰랐습니다

아직도 향기가 남아
내 가슴에 남았습니다

지나가는 향기가 아닌
오래도록 남는 당신입니다

여운이 가시지 않은 당신에게서
향기가 날아가 버릴까
겁이 납니다

그만큼 당신은 내게
가슴 깊숙이 파고든
그리움 짙은 향기입니다

그리움에 길이 없어

그대를 향하는 눈길을
멈출 수가 없습니다
그대만 바라보는 마음

사랑하고 그리워하고
또 다시 그리워함에
가슴 깊이 그대를 새기게 됩니다

당신의 눈동자
환하게 웃지 마세요
질투납니다

쉬이 접을 수 없는 이 사랑을
어찌 할까요
두 눈 가득 나를 향해 바라보는

그래도 이 마음 어쩌지 못함은
그대가 있기 때문입니다

아시죠

행복은 마음에서

시작하는 거

2부

낯익은 편지에
울다가 웃는

어머니

점심은 드셨을까
저녁은 드셨을까
한 채라도 더 꿰매시려고
어머니 손은 울퉁불퉁 거칠거칠하다

어머니가 만든 이불이
시집을 간다
어느 집 며느리 될 아가씨 혼수인가

바늘구멍 작아 끼우는 시간 절약한다고
어머니 내게 바늘을 내미시면
나는 그저 신이 났고

학교 갔다 돌아오면
이불 한 채 예쁘게 포장되어 있었다
내 어머니 정성이 담겨 있었다
어머니 한생이 꽃 피고 있었다

그 고운 모습 어디로 가고

어머니 그 고운 모습은 다 어디로 가고
거죽뿐인 마른 몸만 남아
가냘픈 숨을 쉬고 계십니다

당신의 헌신적인 사랑에
건강하고 바른 정신으로
컸다는 걸 알게 되었습니다

당신의 고운 얼굴
어여쁜 얼굴이었는데
주름진 얼굴만 떠오릅니다

어머니
당신의 고운 손으로 키워주셨는데
왜 사랑을 몰랐을까요

어머니 보고 싶습니다
그 고운 모습도
늘 품 안에 그립고 그립습니다

엄마로 산다는 것

사랑을 끓인다
먼저 일어나
쌀을 씻고 밥을 안치고
된장을 풀어 그 안에 온갖 영양 재료를
보글보글 끓이고 끓인다

가스렌지 하나 남은 불 위에
생선 구울 프라이팬을 달구고
기름을 살짝 끼얹어 고등어를 굽는다

식탁 위에 가지런히 반찬을 올려 놓고
숟가락 젓가락 곱게 수반 위에 올려
누구 하나 질투나지 않게 똑같이
밥그릇 국그릇 모양도 똑같이
접시 하나에 생선 한 마리씩 올려주고

어서 일어나라 엉덩이 두드리고
눈도 뜨지 못한 아이 입에 칫솔 하나 물려주고
엄마 잠깐만- 그 소리 무시한 채
또 다른 아이 엉덩이를 두드린다

밥 먹는 소리 어여뻐라
달그락 후르륵 냠냠
맛있게 먹어주는 감동물결

영웅이 따로 있으랴

군홧발 소리에 새벽이 울리고
산 넘어 태양이 떠오른다
우렁찬 함성
서쪽 산 아래 메아리 되어 울리고
이른 잠 깬 산새들
함께 아침을 노래한다

군복조차 군무 같아
움직이는 모습마저 예술이라
각진 배낭 메고 행군하며
이동하는 군홧발 소리
우렁차게 들리는구나

함성 시원하게 울리고
장총 메고 가는 모습
든든한 나라지킴이라
영웅이 따로 있으랴
그대 대한의 남아

아들 내 아들아

육군훈련소 입소대대에서 택배가 있습니다
카톡이 왔다 우체국에서
마음의 준비를 하고 있던 터라
그리 떨리지는 않았다

정작 택배를 받으니 차마
쉬이 뜯어 볼 수 없어
거실에 덩그러니 놓아버렸다
물 한 잔 먹고 테이프를 뜯고 박스를 개봉하니
아들이 입대할 때 입었던 옷이
그대로 들어 있었다

상자 안에 작은 상자 아들의 신발
왈칵 눈물이 쏟아졌다 분명히
새 신발을 사주었는데 어느 새 낡아
먼지를 뒤집어 쓴 아들인 듯하여
한 동안 끌어안고 펑펑 울었다

파카를 꺼내니 속옷이랑 양말이 우르르 쏟아진다
머리부터 발끝까지 하나하나 벗겨진
아들의 허물이 내 품에 돌아왔는데
아직은 살아 있으니 걱정하지 말란다

낯익은 편지에 울다가 웃는 바보엄마가 되었다

아들이 그리워

아들이 덮었던 이불에서 향기가 난다
스킨로션 비누 냄새
아들 아닌 곳이 없다

그 이불 속에 들어가
아들 냄새를 맡는다
그립다

금방이라도 엄마 하고 부를 것만 같은
아들이 그리워
코끝까지 잡아 당겨
아들 허상을 품어 본다

밤이면 밤마다
아들 이불 덮고 잔다

아들바보

의지이자 희망이고 사랑입니다
아들이 있어 행복합니다
언제나 든든합니다

아들이 있다는 것이
이렇게 힘이 되는지 몰랐습니다
이렇게 자랑이 되는지
이렇게 든든한 지원자가 되는지

아들만 보면 가슴이 벅차오릅니다
생각만 해도 미소가 머뭅니다
나는
아들바보인가 봅니다

군사편지

언제나 소중한 그 이름
나라가 부르면
충성 하고 달려가는
육군 상병

철이 들어 세상을 알고
무엇보다 가족을 사랑하는
그대 이름은 아들

여동생들 사랑도
인기 만점 아들이기에
오늘도 하루가 소중하다

아들아
군 제대하면
가족여행이라도 갈까

말없는 메아리
행복 소리 들린다

우리집 매미

들리시나요
엄마
창가의 매미소리

막내딸 달뜬 소리
청아하게 들린다

여름 전령사
매미 울음에
웃음꽃이 만발하다

시끄러운 소리 뒤로 하고
해 맑은 영혼으로

매미야
가끔 잠자는 영혼
깨우쳐 줄래

어디서 이리 귀한 보물이

해사한 얼굴
바라보고 있으면
꽃이 피어나는 것 같다

어여쁜 미소 보고 있으면
햇살에 새싹이 피어나듯
아지랑이가 퍼지는구나

너의 온기가 다가오면
방 안에 난로를 피워 놓은 듯
따스함에 포근해지는구나

어여쁜 내 딸아
어디서 이리 귀한 보물이
내게 온 것이냐
너로 인해 내 인생은
온통 핑크빛
벚꽃 같구나

내 딸 이쁘지요

척척 무엇이든지
알아서 소리 없이 움직이는
소중한 내 딸

엄마가 투정부려도
그냥 웃고 마는
천사 같은 내 딸

전화선을 타고 오는
목소리
이쁘지요
마음씨 곱고
큰 사랑 베푸는
보는 이도 즐거워요

혼자 진로를 위해
독서 삼매경 빠져
푹푹 찌는 여름에도
열공하고 있는
내 딸 이쁘지요

엄마가 사랑해

딸아, 상처 없는 인생은 없단다
그 상처는 그 순간만 지나고 보면 아물면 그뿐
마음 속에 담지 말아라

내가 항상 뭐랬니?
사람마다 그릇의 용량을 따지기 전에
그릇 자체를 깨버리면 담을 것이 없는데
무슨 걱정에 자신에게 상처를 스스로 만들고 그래
그냥 강물에 흐르는 대로 흘러가게 놔두듯이
너 또한 물이어야 한다

지금은 작은 시냇물이지만
흐르고 흐르다 보면 물처럼 흘러가고 있을 것이다
흐르게 놔두렴
바다에 당도할 때쯤에는 파도에 씻겨 정화되고
또 정화되어 이젠 잔잔한 바다가 되어 있을 거다

딸아, 보채지도 말고 그냥 너를 맡겨 봐 알겠니
물처럼 바다처럼
엄마가 사랑해 딸아

폭풍이 진 자리

딸아
많이 힘들지
그래 힘든 거 알아

엄마가 다 이해하지 못한다고
속상하다고 울었지
엄마두 그래
엄마 맘 알아주지 않는다고

괜찮아
힘든 거 알잖아
그래서 우린
적응하면서 서로를 더 아껴가며
사랑하며 살잖아

우리 그렇게 서로에게
든든한 울타리가 되어주자

9월의 봉숭아 꽃

꽃을 따다 백반에
꽃물 내던 그날
손톱 끝에 쌓아주셨지

그렇게 물들였단다
곱디고운 손가락에 물 들인
그 시절 아련하게 추억으로 남는다

고운 주황색으로 물든 열 손가락
색이 빠질까 봐 조심조심

딸아이 손가락에 꽃물을 올려놓으며
고운 추억 꺼내어 소담소담 전해준다

행복으로 여는 아침

설레는 마음 가득 품고
하루를 시작해 보자
무치고 버무리고 양념하여
한 상 가득 차려내고

두 눈 가득 잠을 깨우지 못해
허우적거리는 모습조차
이쁘게 보이는 건 어쩔 수 없다

뜸북뜸북 숟가락 담그는 소리
하모니로 어울려 아름답기도 하다

일어나 비워지는 의자에
행복 솔솔 묻어나고
서둘러 나가는 뒷모습
사랑 한번 담아주고
쭉쭉 잡아 날개 옷 펴주니
자신감이 하늘을 찌른다

자유를 찾았다
믹스커피 향에 맘까지
여유로워진다
사랑밖에 난 몰라를 흥얼거리며

한 번쯤 자유로운 날이고 싶다

오늘 자유를 얻었다
출근도 안하고
이불 속에서 뒹굴뒹굴
콧물도 찔끔
하얗고 푹신한 이불 속에서
나오고 싶지 않다
온 몸이 욱신욱신
이불 속이서 둘둘 말아
꽁꽁 싸매고 있다

거실 한편에서 커피향기가 흐른다
일어나 먹고 싶다
달콤한 치즈 케이크 한 조각과 커피
이런 여유로운 생활에 취하고 싶다

딸이 부른다
빨리 움직이라고
자기 바쁘다고 어서어서 움직이란다
오늘 하루도 자유는 없다

햇살 가득 창가에 머무를 때가 있다

하늘만큼 맑은 날
우수수 쏟아지는 윤슬
눈살을 찌푸리고
한가득 빨래를 넌다

눈부시게 맑은 날
머그컵 하나 가득 커피를 담고
베란다 한쪽 끝 러브체어에
기대고 앉아

맘껏 햇살을 받아
비타민 충전한다
깊숙이 태양을 쬐며
두 다리 창가에 올려놓고

한 모금 한 모금 커피향으로
이 순간을 즐겨본다

아버지

단 한 번도 원망한 적 없다
그저, 당신이 할 수 있는 일에
최선을 다하셨으니

사랑표현 서툴러 그저
수염 난 얼굴로 비벼주는 일
꼭 끌어 안고 말씀이 없었지

가끔 사랑한다
말을 해도 되는데
그냥 지켜보기만 하시며

혼자 우신다
자식이 불쌍해서
아무것도 해 줄 수 없는 것에

속상해서
어머니는 그저 토닥토닥
쓸어주신다

주름진 두 얼굴 마주하고
서로의 가슴을 쓰다듬으며
그렇게 웃으신다

아버지의 웃음

술 한 잔 하신 아버지
걸쭉한 한 자락

노래를 부르고 부르다
껄껄껄 웃으시며
또다시 부르신다

내 아버지
쓰디 쓴 소주 한 잔
인생을 풀어내신다

자식이 좋아서
사랑이 넘쳐서
노래를 부르신다

카네이션꽃

당신에게 달아드릴
고운 카네이션을 샀습니다

꽃을 보며 환하게
웃으실 모습이 생각나서

예쁘게 포장하고
정성스럽게 바구니에 담아

사랑합니다 아버지 어머니
예쁜 리본도 달았습니다

미처 붙이지 못한 카네이션이
덩그러니 혼자 남았습니다

큰오빠

늘 엄하기만 하던
동생들 앞에선 늘 대장
불같은 아버지 호령엔
든든한 방패막

가슴 한 켠이 외로운 남자
늘 강한 척 굳세게 굴지만
세상에서 가장 외로운 남자
가슴 안에 커다란 사랑 품고도
눈물 많고 심약한 남자
그래도 가장 힘들 때 뛰어 와 준
표현이 서툴러도 사랑한다
속으로 외치는 남자

언제나 바윗돌처럼
굳건히 서 있어야 된다 생각하는 남자
조금은 가슴을 움켜잡고 울어도 될 것을

절대 표현하는 법 없이
쓸쓸히 소주 한 잔 들이키며
홀로 쓰린 속을 달래는 남자
그런 남자

혜옥이 언니

매일처럼 다가 온
친구 같은 언니
연인 같은 언니

순간 순간마다
고마운 언니 목소리

세월이 흘러
언니 같은 분 또 있을까
지금처럼
꼭
붙어있어 마냥 행복하다

웃게 해 줄
혜옥이라는 이름
산을 좋아해
등산이라는 이름으로
함께 하지요

언니
내일 또 등산갈까요

언제나 그 자리에 늘

동행하는 행복이

당신이었으면 합니다

3 부

당신이기에
오직 당신이기에

시인은

쌀을 씻듯
정성을 다하여
불순물을 제거하고
깨끗하게 씻어
골고루 안쳐 밥을 짓듯
정성이 필요하고
뜸을 들이듯
영양분이 필요하고
서로의 몸에 맞게
골고루 섭취하듯
시를 짓는다

시인은 밥을 짓듯
영양 듬뿍듬뿍
섭취할 수 있도록
시를 짓는다

햇 살

커다란 나뭇잎 사이
눈부시게 반짝이는
너는
내 마음일까
네 마음일까

너에게 눈을 맞춰보려 해도
오히려 내 눈이 감기는 건
빛나는 빛깔
마음은 달떠 오른다

햇살 담은 미소

마주 앉은 식탁에서
음식을 차려 놓고

맛있게 먹어주는 당신이 있기에
행복합니다

나누니 함께 웃을 수 있고
당신의 웃는 얼굴 가득 행복이 머물러

바라보는 시선조차 오롯이
당신 사랑이 전해옵니다

식탁 가운데 나란히 올라온 손
끌어당겨 온기를 전해주고

따스함이 온몸으로 전해지는
그 눈길 사랑으로 가득합니다

바다는 언제나 그 자리다

일렁이는 파도 소리에
모래 속 파묻힌 기억들이
숨바꼭질하고 있다

백사장 발자국에
남겨진 그리움
찻집 하나 썰렁하게
그 자리에 남았다

흐르는 시간
되새김질하는 바다는
소리 없는 아우성

행복이라 믿었던 시간
빈껍데기뿐인 가슴
밀리고 밀려오는 회한들이
포말로 젖어도

바다는 늘 움직이고 있다
그러나
언제나 그 자리다

사랑 가득

햇볕 가득한 마당에
평상 깔아 놓고
큰 대자로 누워
햇살을 쬔다

그러다 평상 위에서
커다란 그릇 하나에
뜨거운 밥
고추장
참기름
뽀글 된장
고추 가득
햇살 더해
쓱쓱 비벼가며
사랑 가득 행복을 채운다

냉이

봄봄
향긋한 내음

풀풀
흙내음

펄럭펄럭
초록 이파리

땅 속에서
봉긋봉긋

어린 잎이 쑥덕쑥덕
한 잎 캐어

도란도란 바구니 담아
수다 떠니 한 바구니

햇살이 부시다
된장 풀어
봄을 먹는다

사람은 사랑한 만큼 산다

홀로 저무는 태양
아스라이 멀어지는
나그네 설움

싱그러운 산들바람
땅거미 짙어가는 하늘에
다시 눈뜨는
별빛들의 노래

남은 삶이
그리 길지 않는 세월
사람은 사랑받은 만큼 사는 존재
어둠인데도
사위가 훤하다

행복은 품위와
고귀함만이 아니다
오롯이 사랑
주고 받는 인연
사람은 사랑한 만큼 산다

황금들녘

누렇게 익어가는 낟알들
일렁이는 물결 빛나는
그곳은 추억이 머무는 곳

묵묵히 이겨내는 용기
비바람에 수없이 강타 당해도
잡을 수 있는 자유를 주었고
잠자리 맘껏 날 수 있는 큰 벌판을 주었지

어둑해지는 저녁노을을 바라보며
집으로 돌아가는 그 길
엄마가 부르는 소리
찬란한 황금벌판 풍요로움을 선물하였지

덜그럭 달그락 소리 내던
웃음소리 떠나가지 않고
창문 너머 달빛 받아 황혼의 백발이 되어
또다시 하루를 기대해 본다

작은 행복

언제나 그 자리에 늘
동행하는 행복이
당신이었으면 합니다

함께 거닐고
같은 하늘 아래
기분 좋게 손깍지 끼고

나와 함께 걷는 산책길이
언제나 기분 들뜬
당신 가슴에 머물기를 바랍니다

서로의 눈빛이 닿은 곳에서도
서로의 마음이 닿을 수 없는 곳에서도
그리움 하나로 찾아갈 수 있는

당신 가슴에 작은 행복 되어
언제나 웃을 수 있는 향기가 되어
그대에게 오롯이 드리는 행복이길 바랍니다

고 해

방패처럼 굳건히 버티어줄 것 같은
그대의 심장 하나 얻으렵니다
말하지 않아도 눈빛만 봐도
무엇을 원하는지 알 것 같은
그런 그대이길 원합니다

산새가 높아 푸르름이 휘어지듯
산허리를 끌어안 듯
그렇게 따뜻한 양지에
버팀목이 되어 줄 것 같은
그런 그대이길 원합니다

깊은 밤 가로등 하나로
어두운 밤길 밝혀주는 듯
길 잃은 어린양이 길을 찾도록
환한 빛이 되어 줄 것 같은
그런 그대이길 원합니다

늘 서로에게 고맙고 감사하며
작은 것에서도 감동하고
쉬이 욕심내지 않고
겸손하게 아름답게 살아가는
그런 그대이길 원합니다

사랑하는 당신에게

환한 모습으로 오신 당신
한달음에 달려 간
나를 안아주고
잘 지냈느냐는 말 속에
사랑이 듬뿍 담겨있어요

당신과 함께 숲을 걷고
꼭 잡아준 두 손 가득
따뜻한 온기가 느껴져
차가운 송곳처럼 굳어버린
고드름 같은 가슴도 물이 되었어요

당신과 함께라면
아무리 힘든 세상이라도
굳건히 살아갈 듯해요
사랑합니다
당신이기에 오직 당신이기에

오늘 힘들어하는 당신에게

마음의 여유조차 없는 당신에게
따뜻한 차 한 잔 드리고 싶습니다

살아가는 동안 웃는 날보다 아팠던 날들이
더 많았더라도 웃음 잃지 않은 당신입니다

차 한 모금 마시면서
아픔을 나눌 수 있는 따뜻함이 있습니다

다 내려 놓으세요
지고 있으니 버거운 것입니다

마음을 비우세요
한결 가벼워집니다

다시 일어나세요
당신은 충분히 그럴 수 있습니다

하나의 사랑

생을 살아가는 동안
온전히 내 것이 될 수 있다면
서로 말하지 않아도 알 수 있는 게 마음이라
눈빛만 봐도 알 수 있는 게 느낌이라

서로를 사랑하는 이유를 굳이 말하지 않아도
알 수 있는 게 있지

그건
이 세상에 오직 하나뿐인 사랑이라

이쁘지 않는 여자는 없다

꽃이 지천이라도
살피지 않는 꽃은
이쁘지 않다
어떤 꽃이라도
보아야 이쁘다
아주 작은 꽃이라도
소중하게 생각하고 보아야
어여쁘다

꽃이라 이쁜 것이 아니라
보아주니 어여쁜 것이다
눈 마주쳐 하나 되니
이쁘고 아름다운 것이다

찬바람이 불면

이 밤
찬서리가 내리면
가슴이 더 아려옵니다

바람이 모질게 불어 오는 밤
더욱 더 움츠려드는 몸
한낱 인생이 부질없어 보입니다

깊어가는 겨울
칠흑 같은 어두움
살을 에는 추위 속에도
사랑을 잃지 않았으면 합니다

따뜻한 방 안에서 오순도순 살아가듯
우리 삶 속에서도 온정이 남아 있어
삶의 소중함을 알았으면 합니다

우리 인생에 있어
따뜻한 사랑이 전해지기를 바래봅니다

임이 오시면

임이 오시면
하얀 손수건에
물망초를 수놓겠습니다

가슴에 수를 놓듯
한 땀 한 땀 그리움을
담아 그리겠습니다

임이 오시면
그리움이 커지는
하얀 밤을 꽃그림으로
수를 채워 놓겠습니다

임이 오시면
사모하는 맘
한 폭의 수채화처럼
그림을 그리겠습니다

그리움에 그리움이
더해지는 별빛처럼
사랑이 사그라들 때까지
시 쓰는 마음으로
곱게곱게 채워 놓겠습니다

내 맘 조절이 안 돼

자꾸 보고 싶고
자꾸 생각이 나고
자꾸 눈물이 나는
내 맘 조절이 안 돼

지워야 하는데
잊혀져야 하는데
그게 그게 말이야
내 맘대로 안 돼

나
고장났나 봐

보고 싶다

스치는 바람결에 나뭇잎 떨어질 즈음
그리운 사람이 생각난다

플라타너스 나무의 가로수 거리를
걷고 있는 지금
보고 싶은 사람이 생각난다

상아색 바바리가 잘 어울렸던 사람
테이크아웃에서 아메리카 커피를
손에 들고 오는 모습조차
멋들어진 사람

웃는 모습조차 부드러운 사람
중저음 목소리에 달콤한 언어를 구사하던
심장을 뛰게 하던 사람

언제나 널 웃게 해줄게
약속했던 사람
우리 사랑 변치 말자
약속했던 사람

소양강 추억

그대와 나
둘이서 걷던 산책로

하루를 시작해도
그대가 있어
아름다운 추억이 됨을
강가에서 불어오는
따스한 온기

오늘이라는 아름다운 시간
운무를 보며
친구보다 더 아름다울
그대 이름 앞에

어쩌다 당신을

어쩌다 당신이란 사람
이다지 그리움이 됐을까요

보고픔에 불러보고
그립다 말할 수 있나요

어쩌다 당신이란 사람
사랑하게 됐을까요

미소 짓는 모습에 반하여
이리 되었나 봐요

어쩌다 당신을
사랑하게 됐을까요

기다림에 지쳐버리면

지금 무엇을 바라보고 있나요
그대는 어딜 보고 있는지
그대는 함께 하는 이가 아픈 줄도 모르는 건가요
아님 무심하여 나 몰라라 하나요
기다림에 지쳐버리면
자신조차 몰래 돌아서 버리는 법입니다

그대 어딜 보고 있나요
나는 그대를 보고 있거늘

그리움 속에 살아가는 삶

세상에서
가장
아름다운 고통은
그리움이라 합니다

가슴에 담아 두기에
너무 커서 꺼내어도
캐내어도 계속해서
나오는 게 그리움입니다

더 이상 만날 수 없기에
보고 싶어 깊은 밤
눈물 흘리며 밤을 새는 것은
마음에 커다란 동그라미 그리며

가슴 깊숙이 담아두는
내 삶 속에
그리움 하나 띄워봅니다

지우개 사랑

나는 가끔 잊는다
너에게 나는
지워야 할 존재인지

처음 시작은 너였는데
마무리는 항상 나였구나
그래서 네가 미워

나는 너를
썼다 지우고
불렀다 지운다

나는 너를
보이지 않을 때까지
지우고 또 지운다

너라는 테두리 안에서
내가 잊혀질까 봐
네가 잊혀질까 봐

왕조의 여인 양귀비

선홍빛 치마 휘날리며
춤과 춤 사이 오고 갈 때
붉은 소매 끝 뻗어 나온 섬섬옥수

하얀 살결 붉은 천으로 가리고
후려치는 춤사위 끝으로
유혹의 눈길 보내니

홀린 듯 뻗어 붙잡으려는 발길
멈춘 손끝에 붉은 옷자락 사이
하얀 손등 흘러내리는 비단

그 손길 한번 잡아보려다
끝내 피를 토하고 마는 사랑
너를 보내고 어찌 살까나

아, 사랑하고 싶다

그대와 함께 사랑하고 싶다

　그대 향기에 취해

4 부

그대 향기에 취해

바람에도 흔들리지 마라

굳건히 서 있는 나무에게
낮게 핀 꽃들에게
콘크리트 벽 사이에
실바람 불어올 제

부드러움이 넘쳐
뒷모습조차 바람에
머리카락 내어 줄
그 손길 아까워 맘에 담아둘 제

손가락 사이로 빠져나가는
일공(一空) 같은 바람이더라

불어오는 바람에도
결코
흔들리지 마라
나뭇잎마저 흔들릴지언정

여 행

길을 잃은 여행은 여행이 아니다
방황이다

나침판을 잃어버리고
돌아올 곳이 없는 사막을 헤매는 것과 같다

가슴 설레며 돌아 올 수 있는 곳
그곳이 바로 안식이다

기다리는 사람이 아닌
돌아오는 사람이고 싶다

여행은 돌아오기 위해 떠나는 것이다
날 기다리는 누군가를 위해

그대의 웃음에 희망이 보여

환한 게 웃는 그대 모습에선
쓸쓸함이란 찾아볼 수가 없어
그대만 보면 왠지 기분이 좋아지고
하루 종일 좋은 일이 생길 것 같아

총총 걷는 걸음걸이에선 기운이 넘치고
낭랑한 목소리에선 활기가 차고
밝은 몸가짐에선 화색이 돌고
무엇 하나 버릴 게 없는 에너지 파워

함께 하니 즐겁고 행복하여
세상이 평화롭고 고요하니
꿈꾸는 듯 하루가 즐거워
그대의 웃음에선 희망이 보여

하늘이 예쁜 가을

투명한 바탕에 물을 가득 담아
파란 잉크 한 방울 떨어트려
잔잔하게 퍼지는 것처럼
넓은 바다가 보인다

그 속에 솜뭉텅이도 띄우고
흐트러지 듯 실 뭉텅이를 이은 것처럼
곱게곱게 펴본다

끊어질 듯 끊어질 듯 연이어
퍼지는 파란 하늘
실 뭉텅이처럼 흐트러지는 구름
노래하듯 흐르는 쪽빛 바다
돛단배 띄워 노를 저어볼까

바다 같은 하늘이 아름다워
감히 손을 담글 수가 없다

곱게 물들인 옥색 바다
수놓은 듯 한 땀 한 땀 곱게
바느질한 구름
저고리 치마를 펴 놓은 듯
곱게 입어보고 싶다

봄

보았나요
나뭇가지에 새싹이 돋아나는 소리를

들리나요
바람이 살랑살랑 볼을 간지럽히고
손등을 간질간질 거리는 것을

보셨나요
햇살이 따사로이 내리쬐는 소리를

졸아봤나요
스르르 눈꺼풀이 무너지는 소리를

보았나요
사르르 녹아드는 설빙처럼 상큼한 봄이
옴을 보셨나요

적막의 숲

어둠이 내리면
세상은 공허해져요
개 짖는 소리
적막을 울리고
빈 공간의 울림은
더욱 커지기만 하고

빈 그릇 소리가 요란하듯
깨진 유리창 틈으로
비집고 들어오는 바람소리
더욱 스산하지요

밤하늘의 별들은
유난히도 반짝이는데
사랑의 눈동자는 초점 잃어
방향을 잡지 못하고
갈팡질팡 흐느적 걸어가는
발걸음조차 미아가 된 듯

하염없이 기다리는 공간
생각하지 못하고
거리를 헤매는 공허한 눈동자
빈 마음 채우려
빈 그릇 소리 요란하네요

국화꽃

처음 받아 본 선물
빨간 장미꽃

가슴 떨리는 설렘
화사함에 반해버렸다

노란 국화꽃 화려함을
한 아름 가슴에 안고

마음이 다 화사해진다
내 마음 꽃과 같아라

향기를 맡으니 넘 좋다
그대 생각 절로

후레지아꽃

그대 향에 취할까 두려웠다
한번 빠지면 나올 수 없는
치명적 매력을 가졌기에
곁에 두고 볼 수 없어

먼 발치에서 그대를 본다
강한 유혹의 그대 손길
그 향에 취해 빠져나올 길 없어

아, 사랑하고 싶다
그대와 함께 사랑하고 싶다
그대 향기에 취해

그대라는 사람은

좋아하는 사람은
누구에게든 얘기할 수 있지만
사랑하는 사람은
말할 수 없어 가슴으로 새깁니다

좋아하는 사람은
어디서든지 소식을 들을 수 있지만
사랑하는 사람은
들을 수 없어 가슴으로 새깁니다

좋아하는 사람은
어디서든 보고 싶으면 만날 수 있지만
사랑하는 사람은
만날 수 없어 눈을 감아야 가슴으로 봅니다

좋아하는 사람은
늘 가까이에서 웃을 수 있지만
사랑하는 사람은
가슴으로 새기며 웃어 봅니다

좋아하는 사람은
언제 어디서든 이름을 부를 수 있지만
사랑하는 사람은
이름 석자를 가슴에 새깁니다

좋아하는 사람은
늘 가까이에서 함께 커피를 마시며 얘기하지만
사랑하는 사람은
밤이 되어야 그리움이 밀려옵니다

좋아하는 사람은
언제나 눈에 담을 수 있지만
사랑하는 사람은
눈을 감아야 볼 수 있습니다

좋아하는 사람은
함께 대화를 하여도 즐거울 수 있지만
사랑하는 사람은
단 둘이 있을 때 기쁘고 행복한 것입니다

좋아하는 사람은
다음을 기약하며 돌아설 수 있지만
사랑하는 사람은
어느 순간에도 아쉬움이 남습니다

소나기

하늘에 하프가 아리아를 연주한다
구름 가득 메웠던
하늘이 열렸다
태양은 저만치
모습을 감추고
별들도 노래하길
멈추었다
하프 같은 빗줄기로
아름드리 음률에 맞추어
하모니를 만든다
초록이 춤을 춘다
붉은 홍매화가 열정을 태운다

우연히 만나 사랑에 빠지다

길을 걷다 보았습니다
저만치 걸어오는 모습
활짝 웃는 얼굴에
행복이 머물고 있습니다

보고도 믿을 수 없는 표정
금방이라도 짠- 하고 나타난
공간 안에서 포옹을 하며
믿기 힘든 만남이었습니다

세상에는 가끔 기적이 일어나나 봅니다
한껏 부풀어 오른 붉은 달이
하늘에 떠 있고 어디선가
은은한 음악이 흐르고 있습니다

이런 기적 바란 적 없는데
오랫동안 바라보게 되는 그리운 모습이
내게 머물게 되었고 손을 뻗어
얼굴을 어루만지게 됩니다

이렇게 여유로운 시간을 가져보는 게
얼마만인지 마음에 흐르고 있는
쓸쓸한 감정들이 떠오르지 않을 만큼
행복한 시간입니다

시간의 계절

마음의 계절에 물감을 뿌려보자
바다보다 깊고
하늘보다 높게
그런 푸르름을 물들여 보자

마음의 계절에 물감을 뿌려보자
흔행나무보다 더 단단하고
해바라기보다 더 환하게
그런 노오란 색으로 물들여 보자

마음의 계절에 물감을 뿌려보자
사과보다 더 상큼하게
석류보다 더 달콤하게
그런 빠알간 색으로 담가보자

마음의 계절에 물감을 뿌려보자
수국처럼 도도하게
도라지꽃처럼 수수하게
그런 보라색으로 물들여 보자

마음의 계절에 물감을 뿌려보자
새싹처럼 앙증맞게
들꽃처럼 자유롭게
그런 초록색으로 물들여 보자

꽃잎이 내 맘 흔들어 놓고

은은한 아카시아 향기가
창문에 살며시 내려 앉았다

꽃잎 하나하나 향기를 담아
가슴 적시며

언젠가 만나게 될 인연을
조심스럽게 준비한다

당신 가슴에
살포시 다가가고 싶은 날에

파랑새를 쫓아

꿈을 가득 품고
더없이 행복하게 살기를
바랐던 시간들

돈이 많아서
꿈이 많아서
하고픈 욕구가 많아서

그리 정처없이 떠도는
인생이련가
불씨 하나 가슴에 남아 있거든

후회 없이 인생을 살아
더 늦기 전에

담장 아래 작은 풀꽃

가장 낮은 땅에서 씨앗 하나
해를 볼 수 없는 돌부리 밑에
희망의 뿌리를 내리고 있으니
뽕끗 세모 모퉁이 겨우 내밀고
세상을 다 얻은 것처럼 맘을 놓는다

세모난 모자 위로 겨우 숨을 쉬며
햇살이 내게로 올 때까지
희망을 품는다

저 멀리 아지랑이
반짝이며 밀려오는 윤슬바다
커다란 바위 밑이 작은 돌멩이였음을 알았을 때
담장 밑에 작은 풀꽃은 가장 낮은 곳에서
활짝 웃는 들꽃이 되었다

마음 하나 담아 둘 공간

허허로운 마음이야 어찌 할 수 없으나
솜털 같은 깃털에 날리면 어떠하랴
바람결 따라 휘이휘이 날아가 버리려무나

커다란 바위도 수차례 물길이 내리치면
뚫려버린 구멍 어찌 할 수 없으니
차라리 허공 속이 훨씬 낫지 않을까

소나무의 껍질이 두꺼워지고 벗겨지는
어린 살이 겹겹이 두꺼워지는 것을
무엇이 야속타 내 속을 긁으랴

정화수 떠놓고 빌고 빌어 무엇을 그리 기도하나
정작 나를 위해 비는 것은 무엇이 있는지
마음 하나 담아둘 공간 어찌 이리 힘이 드랴

어제보다도 오늘보다도

말로 표현하지 못한 사연들
다 토해내지 못하지만
그래도

어제의 찌뿌둥한 마음이
틈틈이 불어오는 바람에
몸도 마음도 가벼워졌다

두 번 다시 오지 않을 어제와
내일이 될 수 없는 오늘
매일매일 반복하는 생활

어제보다도 오늘보다도
따뜻한 시간은 흘러
편안한 안식을 준다

유성이 되어

까만 밤 하늘을 채운 별
그 속에
유난히도 반짝거리는 검은 바다
별들이 헤엄치는 소리마저
평화롭다

밤을
까맣게 채웠나 보다
하늘은 온통 획을 긋는 빛의 그림자
따라가 볼 사이도 없이
지워지고 비워지는 마음

빛의 그림자 따라
사그라든 사랑 끝
비워버린 마음
까맣게 숯이 된 가슴
검은 바다의 유성처럼
빛이 나고 싶다

바다의 등대처럼 기둥이 되고 싶다

희망의 법칙

누구나 희망을 가질 수 없지만
누구나 이룰 수는 없습니다

희망을 이루기 위해서는
계획을 세우고 실천해야 합니다

희망은 희망을 위해 애쓰고
노력하는 사람을 좋아 합니다

실천이 따르지 않는 희망은
어디에도 존재하지 않습니다

우리가 희망을 포기하지 않는 한
희망 또한 우리를 포기하지 않습니다

봄이 온다

봄이 오고 있었다
따뜻함을 가득 품은 햇살과
기분 좋게 피부에 와 닿는 바람
햇살과 바람이 조금씩 바꾸고 있는
오후의 풍경들까지
봄이 슬며시 오고 있음을

이런 날씨를 외면하고 방콕하는 것은
봄에 대한 예의가 아닌 듯하여
처음 봄을 맞이하는 느낌으로
공원을 산책한다

발밤발밤 봄볕은 외투를 벗으라 재촉하고
어느새 등에는 땀이 송골송골
그렇게 기분 좋게 따뜻하기 그지없던 봄을
오롯이 느낀다

내 나이를 사랑한다

어느 새 변해버린 나
어느 새 나이 먹은 나

누가 나이 갖고 장난하랴
주눅들 필요 없는데
당당하게 말하자

조금 많다 하면 어떠리
이보다 더 기쁜 것이
어디 있으리
행복이 따로 있겠나
비로소 비움으로
다가오는 게지

느리게 가면 그런가 보다
빨리 가면 바쁘게 가는가 보다
그렇게 그렇게
알맞은 시간으로 가면 되지

풀꽃에도 향기가 있다

꼬물꼬물 피어나는
앙증맞은 욕망
행복으로 고개를 든다

머리카락 떨릴 때 넌지시
흔들어 오는 바람에
온몸 다해 향기를 싣는다

정상을 향해 오르니
그 기쁨 말할 수 없고
힘껏 고개 들어 하늘에라도
힘을 실어 내밀어 본다

눈으로 본다
향기가 되어 가는 것을

정상에서 만난 사람들
시 한 수 낭송하니
돌아오는 향기 퍼져 오른다

꽃처럼 살고 싶다

연못의 꽃봉오리가 올라오듯
수수하고 우아하게
부족한 듯 부족하지 않고
숨은 듯 꽃을 피워낸다

꽃은 화려함을 자랑하지 않고
수줍고 부끄러워 고개를 숙이며
알듯 모를듯 향기 풍겨
존재감을 드러낸다

자신의 존재 알아주지 않아도
슬퍼하거나 노여워하지 않고
시들어도 슬퍼하지 않으며
꽃으로 피었다가 돌아감을
드러내지 않는다

가장 낮은 곳에서 가장 높은 곳으로
올라가도 교만하지 않는
오늘을 살아가는
그런 꽃처럼 살고 싶다

담장 밑에 작은 풀꽃은

가장 낮은 곳에서

활짝 웃는 들꽃이 되었다

5부

그냥 사랑하게 하소서

그냥 사랑하게 하소서

그 무엇도 소유하게 하지 마시고
빈 마음으로 채워지는
따뜻한 가슴을 지니게 하소서

욕심으로 채워지는 가슴이기보다
채움으로 비워내는 사랑으로
더 많이 사랑하게 하소서

진실 앞에 거짓이 없듯이
사랑 앞에 지혜를 주시고
그것을 지켜나갈 강건함을 주소서

바람에 흔들리는 잎새보다
힘없는 갈대로 꺾일지라도
바람 앞에 강인함을 주소서

사랑 앞에 겸손하게 하시고
이해하고 용서하는
뿌리 깊은 사랑 되게 하소서

사람은 뒷모습이 아름다워야 한다

자기 모습을 가꾼다는 것은
화려하게 꾸며야 하는 것이 아니라
남이 보기에 흉하지 않게
가꿔야 한다는 의미다

얼굴 맵시 말씨 품행
바로 자신의 뒷모습과도 같다
사람이기에 앞모습뿐만 아니라
뒷모습조차 아름다워야 한다

사람으로 태어났으면
주변 정리를 잘하여
앞으로 나아가기 전에
자신의 뒷모습도 관리해야 한다

그래야 나아가는 걸음걸음도 힘차고
사람도 아름답게 가꾸어질 것이다
자신의 삶은 소중하고 귀한 것이기에

삶이 나에게 가르쳐주는 사랑

삶이 내게 말을 한다
세상은 참 아름다운 곳이라고

사랑의 큰 의미도 알게 하였으니
감싸줄 수 있는 여유가 있는 거라고

사람은 아름답고 고귀하니
축복받은 존재임이 확실하다고

비록 눈물 나는 사랑일지라도
인내하며 허락할 때까지
기다리는 마음을 가져야 한다고

공 간

공간이 필요했다
나만의 시간이
주어지길 바랐다

아무에게도 보이지 않고
누구도 가질 수 없는
나의 시간

그런 곳이 필요했다
그 시간만큼은
나를 위한 시간이어야 한다

사랑의 꽃 피어나도록

식어버린 사랑은 다시 되돌릴 수가 없다
언제 그랬냐는 듯이 서로를
가슴 깊숙하게 생채기를 낸다

정녕 사랑하였나 의심하고 싶을 정도로
흔들리는 동공을 외면한 채
냉정히 돌아서는 뒷모습에

진정 사랑한 사람인가를
흘리는 눈물조차 아까웠다
더 이상 괴로워하지 않겠다

탱자나무 가시

담벼락 사이 가시나무 세워놓고
남이 덤빌 새라 더 단단히 붙들고
무너지지 않게 세워놓은 울타리
찔려보니 아프더라

생채기가 아픈 건지
마음이 아픈 건지
허허로운 손가락 하나
붉은 피 흘러 마음이 더 붉게 물들더라

컴퓨터 너는 왜

친구에게 엽서 한 장
워드로 쳐서 뽑다가
아니 아니
추억 편지 떠올리며
손으로 다시 옮겨본다

편리한 세상
그럴수록 종이를 붙잡고
생각을 써 내려가다 보면
난 이미 프로다

매일매일 수다 떨지 말고
컴퓨터 앞보다
연필로 정리하는 시간을 가져볼까

사색으로도
기쁨을 얻을
컴퓨터보다
기분 좋은
만남으로

파 도

쉼 없는 굴레를
경주라도 하듯
육지를 향해 달려오는 열정

갈기고 부딪쳐 무너지는
모래성 같은 물거품에
내던져진 꿈이런가

바위와 자갈에 부딪혀
갈가리 찢기는 무영체
너는 생명이 있더냐

바다는 너를 보내면서
생명을 탄생 시킨다
망망대해를 향해서 잉태한다

민들레 홀씨

너무 일찍 피웠던 게야
오래 느낄 것이지
뭬에 그리 바빠
앞서 가려 하는가

낮은 땅 아래
뿌리 내린 채
가벼이 날아가 버릴
씨앗 가득 품고

이유 없는 반항에
어미 가슴 멍들여 놓고
자유 찾아 떠나는
삿갓 방랑자

채 하룻밤도 걸리지 않는
머나먼 고향 땅까지
빈 가슴 뜨겁게
뿌리 내릴 곳 찾아 헤매는구나

회색빛 하늘

하늘이 열렸다
하루 종일 회색빛으로
물안개를 뿌옇게 피우며
사방으로 흩어진다

세상은 낭만스럽다
반쯤 감은 실눈으로 보는 세상이
더 아름다운 것이라고

바람에게도
꽃잎에게도
사람에게도
사랑스럽게 말을 한다

하늘이 내 맘에 여유를 주라고

사랑이란

사랑이란
연약하지도 않고
사악하지도 않고
쉽게 무너지는 모래성

사랑이란
혼자서만 이루어지지 않고
둘이라서 꼭 이루어지는 것도 아니고
쉽게 맺어지는 것 또한 아니다

사랑이란
유리성 같아 한번 깨지면
붙이기가 어렵고
금이 간 사이를 막으려 해도
그 틈새는 어쩔 수 없이 벌어지고

사랑이란
눈물의 언약이고
사랑의 결실이라고
그건 결국 남 좋으라고 하는 소리이고
가슴앓이 한번 안 해 본 사랑이
어디 단단한 부싯돌이라 하겠는가

사랑이란
기초가 단단히 잘 다져진 공사처럼
잘 다져나가야 그 열매 또한
달고 축복과 은혜로움 속에서
아름다운 결실을 맺는 것이다

사랑이란
한 마음 두 마음 더해져서
하나를 이룸으로
더욱 값진 고귀한 사랑이라
말할 수 있겠다

사랑이란
한 사람의 눈물을 닦아줄 수 있는
너그러움과 이해와 포용으로
함께 늙어감이 아름답다
말할 수 있겠다

남자가 나무라면

남자가 나무라면
또 한 그루의 나무이고 싶다
사과나무라면 사과나무가 되고
동백나무라면 동백나무가 되고
풀푸레나무라면 함께 광합성을 받으며
풀푸레나무가 되고 싶다

따스한 바람이 불면
보드라운 새싹을 함께 틔우고
뜨거운 햇살이 내리 쬐면
함께 느끼는 그런 나무이고 싶다

사랑이라는 거

사랑이란 거
사랑하는 사람을 등에 업고 가겠다는
다짐을 하는 것이라고

그것이 아주 작은 부분일지라도
시간은 끝없는 인내와 이해를
필요로 하는 게 사랑이라고

자신이 아닌 다른 사람을 사랑하므로
그 사람을 업고 있는 무게까지
감당을 해야 하기 때문이라

그 사람의 모든 것을 고스란히 짊어지고
가겠다는 다짐을 하는 거라고

나 비

하늘을 향해
숨 한번 크게 쉬고
움츠렸던 날개를
펼쳐 보았지
아직 이슬에 젖어
마르지 못한 날개는
햇살이 들기를 기다리며
날개 속에 파묻혀 잠이 들지
나직이 불어오는 바람 소리에
고개 들어 하늘을 보며
날개 한번 펄럭이고
하늘 꿈 향해
날갯짓하지

호명산 능선

산허리 능선은 부드러움으로
푸르름의 유혹이
손짓을 합니다

발걸음 옮기고 또 옮길 때마다
칼바위 같은 돌부리에 채여

비틀거리며 아슬아슬
칼바위를 피해 봅니다

독한 고독 가슴에 품고
고비고비 사뿐사뿐
춤을 추며 빠져 나옵니다

금병산

한쪽 무거운 맘을 담아둔 채
걸음을 옮기니 발걸음은 가벼운데
마음 걸음은 천근만근

능선 따라 한고비 넘어갈 때
가슴속 응어리 꺼내어지지 않고
묵묵히 걸어만 간다

찌꺼기 잔상처럼 해묵은 일들이
가슴 저 밑바닥 돌덩이처럼
자리를 잡고 놓아주지 않는다

어느 새 능선 하나 넘어가고
울컥했던 응어리가 울컥
쏟아지니 격하게 토한다

산에 오르는 것이 무에 어떠하다고
등에 짐 던져버리고
날개 달아 훨훨 날아가고픈지

그래도 능선을 넘어갈 때마다
무게로 짓누르는 악감정
하나하나 풀어놓고 간다

벚꽃나무 아래

예쁘게 영글었네
나뭇가지마다 천사의 얼굴
손 한번 뻗어보기 아까워
내 맘 설레게 한다

어느 틈에 영글어
가던 길 발걸음 붙잡고
너의 그윽한 향기가 날리우며
한없이 미소짓게 한다

하늘빛 곱게 품은
하얀 눈송이처럼 바람에 휘날리니
떠도는 듯 꿈속에서 춤을 추고
꽃날개 피어 하늘 끝까지 날아볼까

정이 들었어

한껏 부풀어 있는 마음
쉬이 꺼지지 않고
지금쯤 무엇을 하고 있을지
어떤 표정을 하고 있을지
기분은 어떠한지
오늘은 즐거웠을까
슬픈 일은 없었을까
목소리 하나만으로도 알 수 있는
이 느낌을 당신은 정녕 알까

서로 얼만큼 생각하는 걸까

정이 들었다는 건

당신이 나를
내가 당신을
서로 걱정해 주는 시간이 많아졌다는 건
정이 들었다는 거
즐거움도 기쁨도 함께 나누고
무엇이라도 나누어 가질 수 있다는 거
언제 어디서라도 곁에 있다는 거
그게 정이 들었다는 거

서로에게 존재의 이유가 되고
서로를 지탱해 주는 의미
당신의 아픔이 나를 아프게 하고
당신의 슬픔이 나를 눈물짓게 하는
이렇게 정이 들었다는 건
시간을 함께 공유하는 거

존재의 이유

당신이 내 곁에 있어준다면
서글픈 세상
그래도 이겨내겠습니다

앞만 보고 사는 인생
가슴 하나 따뜻하게 내어준다면
미소 가득 머금고 행복하게 살겠습니다

당신 사랑이 너무 슬퍼
눈물 흘릴지라도
그 사랑 안에서 숨 쉬고 살겠습니다

사랑한다 말 못하고
아프지 할지 모른다는
상처 받을까 미리 겁을 내는 당신

그래도 그 사랑 듬뿍 받으며
그 안에서 살고 싶어
당신과 내가 존재하는 게 아닐까

엉겅퀴

어디 하나 아프지 않은 곳이 없어요
걸음을 옮길 때마다 가시에 베이고
베인 상처는 쓰라리다 못해
엉켜버린 상처들의 훈장

화려한 꽃망울을 자랑하면서
온몸은 가시로 날카로운 날을 세우고
마치 가까이 다가오면
심장을 찌를 듯하네요

누가 그대에게 상처를 주었나요
온몸을 무장하여 가시 갑옷을 입었거늘
언제까지 상처받지 않으리라
뜨거운 심장 가시 속에 숨겨두었어요

시를 보면 시인이 보이고
시인을 보면 시가 보인다.
시는 곧 시인이다.

발 문

일상을 시로 소통하며
시처럼 사는 시인

이인환 (시인)

일상을 시로 소통하며
시처럼 사는 시인

1. 일상의 언어와 친숙한 소재로 소통하는 쪽지 시인

쪽지시와 책갈피시로 설레는 마음을 전하며 소통하던 시절이 있었다. 요즘 수시로 울려대는 '카톡! 카톡!' 소리에 익숙한 젊은이들이 얼마나 이해할 수 있을까? 마음 하나 전하려면 썼다 지우고 썼다 지우며 밤을 지새우던 시절의 이야기를. 때로는 끝내 전하지 못한 쪽지로 구겨버릴 지라도 설레는 마음으로 옮겨 적으며 밤을 지새웠던 7080세대의 이야기를 얼마나 이해할 수 있을까?

정이란 시인의 시를 접하는 순간 나는 동시대를 살아온 한 사람으로서 아련한 추억의 단상 속으로 빠져들고 있었다. 학창시절 예민한 감수성을 자극하던 쪽지시와 책갈피시가 여기저기서 되살아나고 있었다. 110편의 시에 담겨 있는 시인의 감수성에 폭 빠져 버렸다.

잘 지내고 있나요
그냥

연락도 없이 불쑥 나타났다 사라지고
뜬금없이 다시 나타나는

내 삶 속에 일부였던
친구에게 갑자기
묻고 싶어요

별고 없지요
무탈한가요
- '안부' 전문

　마치 추억 속의 친구가 내게 안부를 전해오는 것만 같았다. 어쩌면 정이란 시인도 그 시절에 밤새워 쓰고 지우고 쓰고 지우던 쪽지시에 대한 추억을 가지고 있을 것이란 동질감이 그대로 전해져 왔다.

　시란 무엇일까? 여러 가지 이론이 있지만, 나는 시란 소통과 힐링의 도구라고 생각한다. 평생학습 현장에서 시창작교실을 통해 많은 이들과 함께하면서 시창작이 내면의 상처를 치유하는 효과를 발휘한다는 것을 수없이 경험했고, 그렇게 발표한 시를 가족을 포함한 가까운 이들과 공유하면서 소통하는데 시만큼 좋은 도구도 없다는 것을 수없이 확인했다. 그런 과정에 정이란 시인을 만났고, 무엇보다 소통과 힐링의 텍스트로 활용할 수 있는 감수성이 풍부한 시를 접한 것이다.

　학창시절에 한번쯤 시를 끍적여 본 사람은 알 것이다. 그때 시를 쓰면서 무엇을 생각했는가? 나는 내가 좋아하는 이의 마음을 얻기 위해 시를 썼다. 다르게 말하면 좋아하는 이에게 내 마음을 알아달라고 소통의 손길을 내밀기 위해 시를 쓴 것이다. 직설적으로 표현하는 것보다 이왕이면 시적 형식을 갖춰 표현하기 위해 밤새워 쓰고 지우고 쓰고 지우는 노고도 마다하지 않은 것이다. 즉 또래의 마음을 얻기 위해 또래의 관심사를 시로 써가며 소통을 시도한 것이다.

그런데 학창시절을 벗어나면서 어떻게 되었는가? 당장 먹고 살기 바쁘다는 이유로 시와 일상을 분리해서 생각하기 시작했다. 지금도 내 주변에는 살기 힘든데 시를 쓸 여유가 어디에 있냐고 반문하는 이들이 많다. 사회생활과 더불어 소통의 도구인 시를 현실과 완전히 분리시켜 생각했기 때문이다.

하지만 정이란 시인은 시와 현실을 구분하지 않는다. 시인의 시가 가슴에 와닿는 이유가 여기에 있다. 시가 현실이고, 현실이 곧 시다. 그 중심에 학창시절 또래와 소통하기 위해 시를 쓴 것처럼 현실에서도 가족과 동료, 가까운 이들과 소통하기 위해 시를 쓰는 순수한 마음이 자리를 잡고 있다. 즉 지금도 학창시절과 다름없이 주변 사람들과 소통하기 위한 도구로 시를 쓰고 있는 것이다.

시인은 시를 통해 끊임없이 소통을 시도하고 있다. 일상과 밀접한 소재와 주제로, 자칫 시를 고상한 것으로 생각하는 이들에게 부담없이 다가서고 있다. 나는 시인의 이런 시들이 좋다. 일상의 쉬운 언어로 가까운 이들의 마음을 얻기 위해 끊임없이 소통을 시도하는 그 마음이 너무 좋다.

술 한 잔 할까요

비가 오니
날씨가 많이 쌀쌀하네요

따끈따끈한 어묵탕
뒤끝 칼칼한 소주가 생각나지 않나요

혼자 마시는 소주보다
함께 마시는 소주가

더 맛있지 않나요
-'술 한 잔 할까요' 중에서

시인이 술을 잘 한다고 생각하면 착각이다. 실제로 시인은 소주 한두 잔이면 끝이다. 소주를 특별히 좋아하지 않는다. 그렇다면 시인은 왜 굳이 좋아하지도 않는 소주를 누군가에게 이렇게 다정히 권하는 것일까?

시는 곧 시인이라고 했다. 이 시에는 정이란 시인이 그대로 담겨 있다. 시인은 일상에서 자신이 좋아하는 것보다 남이 좋아하는 것을 먼저 받아들여 하나가 될 준비가 되어 있다. 이야기를 나눌 때도 먼저 상대방의 이야기를 들어준 다음에 자신의 차례가 와야 비로소 이야기를 꺼내는 스타일이다. 소통에서 제일로 중요한 상대방에 대한 존중과 경청, 그리고 공감하는 자세가 습관화된 시인이다. 그렇기 때문에 좋아하지 않아도 상대가 좋아한다면 그가 누구라도 기꺼이 소주 한 잔 권하는 성품인 것이다. 이 얼마나 현실적인 소통의 자세인가?

비가 오고 있어요
제 마음에도
당신과 함께 카페에 앉아
커피 한 잔 나누고 싶어요

당신 머리카락을 만지고
얼굴을 쓰다듬어 보고
향긋한 헤즐럿 커피 향을 맡으며
커피 한 잔 드리고 싶어요
-'커피 한 잔 드실래요' 중에서

오롯이 피어오르는 추억
한 끼 정도
그대 노래하며
패스해 볼까나

어머니 사랑
정겹고 슬기로운 풍경들
화려한 사랑보다 더
아름다운 옥수수 드실래요
-'옥수수 드실래요' 중에서

시인의 본심은 여기에 있다. 시인은 소주보다 커피를 더 좋아하고, 일용한 양식인 옥수수를 더 좋아한다. 소통을 위해서라면 그것이 소주든, 커피든, 옥수수든 상황에 따라 상대에게 맞는 것을 권하는 것이다. 이 얼마나 아름다운 소통의 자세인가?

정이란 시인은 그렇게 우리 곁으로 다가왔다. 7080 학창시절 쪽지시와 책갈피시로 또래의 친구들과 소통을 시도했던 문학소녀에서 이제는 일상의 쉬운 언어와 친숙한 소재로 동료와 주변 사람들과 소통을 시도하는 중년의 원숙한 시인으로 우리 곁에 다가왔다. 시가 현실과 동떨어진 것이 아니라 일상에서 소통하는데 더할 나위 없는 좋은 도구라는 것을 일깨워주며 우리 곁으로 다가온 것이다.

2. 진솔한 표현으로 자녀들과 소통하는 시인

시인은 춘천에 살고 있지만 울산이 고향이다. 그래서인가? 춘천하면 소양호의 풍치를 잊을 수 없듯이 울산하면 검은 자갈이 유명한 정자해수욕장의 일몰을 잊을 수 없는 내게 처음 만난 시인은 '수줍은 많은 소양강 처녀'이자, '황혼빛에 물들어 말없이 거니는 해변의 여인'의 이미지로 다가왔다. 첫인상은 뭐라고 말만 하면 얼굴을 붉히는 부끄러움 많은 문학소녀의 모습이었지만, 이야기를 나누다 보니 자신의 분명한 시세계를 갖고 시가 소통의 중요한 도구라고 당당히 피력하는 중년의 원숙한 시인이었다.

말을 하지 않는데
어떻게 알아요
느낌으로요
눈빛으로요

살다 보면
느낌도 눈빛도
다 흐려져요
그러니 힘이 나게

말해주세요
내가 당신을 많이 사랑합니다
그럼 모든 역경들이
사르르 녹아버릴 거예요

사랑은 말로 표현하세요
지금부터 바로
-'사랑은 말로 표현하세요' 중에서

처음에 나는 시인의 단아한 모습을 보고 이 시의 의미를 역설적으로
받아들일 수밖에 없었다. 즉 이 시는 '나는 그동안 참으며 살아왔는데 돌
이켜보니 그것이 좋은 게 아니라는 것을 알았다. 그러니 여러분은 나처
럼 살지 말고 사랑하면 사랑한다고 솔직하게 말로 표현하며 살라'는 뜻
으로 해석한 것이다.

첫인상으로 추측했을 때 시인은 사랑하는 사람에게 "사랑한다"고 먼저 말할 적극적인 성격의 소유자가 아니라는 선입견을 가진 것이다. 어쩌면 이것은 나만이 생각이 아닐 수 있다. 시인을 아는 사람이라면 시인이 누군가를 사랑하더라도 "사랑한다"는 말을 먼저 할 성격의 소유자가 아니라고 생각할 것이다.

하지만 시인과 이야기를 나누는 과정에서 내 생각이 일면은 맞고, 일면은 잘못됐다는 것을 알았다. 사랑하는 사람이 이성이라면 시인은 결코 먼저 "사랑한다" 말하지 못할 사람이라는 내 생각이 맞지만, 그 대상을 세 자녀로 옮겨간다면 내 생각은 여지없이 잘못된 것일 수밖에 없다는 것을 확인한 것이다.

시인은 이제 여인이기 이전에 이 땅의 강한 어머니였다. 세 남매를 어떻게 하면 잘 키워야 하는지 고민하는 유치원 선생님 출신의 현명한 어머니였다. 그래서 일찌감치 소통의 중요성을 알고 자녀들에게 수시로 사랑표현을 해왔다고 한다. 말로 부족한 것은 쪽지시를 써서 주고받으며 소통의 물꼬를 터왔다는 것이다.

사랑을 끓인다
먼저 일어나
쌀을 씻고 밥을 안치고
된장을 풀어 그 안에 온갖 영양 재료를
보글보글 끓이고 끓인다

가스렌지 하나 남은 불 위에
생선 구울 프라이팬을 달구고
기름을 살짝 끼얹어 고등어를 굽는다

식탁 위에 가지런히 반찬을 올려 놓고
숟가락 젓가락 곱게 수반 위에 올려
누구 하나 질투나지 않게 똑같이
밥그릇 국그릇 모양도 똑같이
접시 하나에 생선 한 마리씩 올려주고

어서 일어나라 엉덩이 두드리고
눈도 뜨지 못한 아이 입에 칫솔 하나 물려주고
엄마 잠깐만-그 소리 무시한 채
또 다른 아이 엉덩이를 두드린다

밥 먹는 소리 어여뻐라
달그락 후르륵 냠냠
맛있게 먹어주는 감동물결
-'엄마로 산다는 것' 전문

　이런 것이 쪽지시의 묘미다. 말로 직접 하기에는 좀 그런 마음을 이렇게 쪽지시로 표현해 줬을 때 이를 본 자녀의 마음은 어떨까?아침마다 치루는 밥상머리 전쟁을 오로지 사랑으로 감싸 안은 어머니의 속마음을 접한 자녀들이 어떻게 자랄 것인가?

소통이라는 것은 별거 아니다. 일상의 이야기를 담담하게 들려주는 것만으로도 충분히 소통의 물꼬를 틀 수 있다. 괜히 말로 표현하면 쑥스러울 것 같은 일들을, 차마 말로 표현하기 어려운 감정이나 일상의 느낌을 이렇게 한 편의 시로 표현해주는 것만으로도 소통은 충분하다.

육군훈련소 입소대대에서 택배가 있습니다
카톡이 왔다 우체국에서
마음의 준비를 하고 있던 터라
그리 떨리지는 않았다

정작 택배를 받으니 차마
쉬이 뜯어 볼 수 없어
거실에 덩그러니 놓아버렸다
물 한 잔 먹고 테이프를 뜯고 박스를 개봉하니
아들이 입대할 때 입었던 옷이
그대로 들어 있었다

상자 안에 작은 상자 아들의 신발
왈칵 눈물이 쏟아졌다 분명히
새 신발을 사주었는데 어느 새 낡아
먼지를 뒤집어 쓴 아들인 듯하여
한 동안 끌어안고 펑펑 울었다
-'아들 내 아들아' 중에서

아들이 덮었던 이불에서 향기가 난다
스킨로션 비누 냄새
아들 아닌 곳이 없다

그 이불 속에 들어가
아들 냄새를 맡는다
그립다
-'아들이 그리워' 중에서

군대를 다녀온 사람은 안다. 군대에 입대한 대한의 아들들은 일반적으로 보충대에 입소하고 사흘 후에 사제품을 모두 벗어 편지와 동봉해서 고향으로 보낸다. 지금은 어떤지 모르지만 삼십여 년 전 나는 마침표와 쉼표는 암호로 분류될 수 있어 편지를 쓸 때 결코 써서는 안 된다는 주의를 지키지 못해 몇 번이나 편지를 고쳐 써야 했다. 무의식 중에 쉼표나 마침표를 찍고는 매번 지적을 당하자 괜히 진지하게 편지 쓸 마음이 싹 달아났다. 그래서 아주 간단하게 쓰기는 했는데, 그만 입대하는 날까지 새벽같이 일을 나간 어머니를 원망하는 내용을 담았다. 그 후로 나는 그 사실을 까맣게 잊고 있었는데 이십여 년이 흐른 뒤에 병상의 어머니가 스쳐 지나가는 식으로 했던 말씀을 결코 잊을 수 없다.

"그때 네 편지를 보고 엄마가 얼마나 울었는지 아니? 그때는 어떻게든지 벌어야 했기 때문에 어쩔 수 없다고 생각했는데, 이제 생각해 보니 엄마가 참 무심했었다. 미안하다."

만약에 시인의 '아들아 내 아들아'를 내가 군대 가기 전에 먼저 봤다면 어땠을까? 자식을 군대에 보낸 엄마의 솔직한 마음을 미리 접할 수 있었다면 내가 과연 어머니 가슴에 대못을 박는 그런 편지를 쓸 생각이나 했을까?

가장 개인적인 것이 가장 한국적이라는 말이 있다. 개인적인 정서가 보편적인 정서를 담고 있을 때 그 시는 훌륭한 시가 된다. 이 시는 가장 정이란 시인적인 표현으로 가장 한국적인 표현을 담고 있다. 따라서 나는 이 시야말로 아들을 군대에 보낸 이 땅의 모든 어머니들의 마음을 가장 솔직하게 표현한 가장 한국적인 시라고 평가하는데 망설이지 않는 것이다.

딸아
많이 힘들지
그래 힘든 거 알아

엄마가 다 이해하지 못한다고
속상하다고 울었지
엄마두 그래
엄마 맘 알아주지 않는다고
-'폭풍이 진 자리' 중에서

시인은 일상의 언어로 사춘기 딸아이와 한바탕 벌었던 감정싸움을 수습하고 있다. 엄마도 딸과 똑같은 감정의 소유자임을 고백하며 화해를 시도하는, 진솔한 표현으로 소통을 시도하는 좋은 어머니의 모습을 그대로 보여준다. 실제로 요즘은 깨어 있는 많은 어머니들이 이와 같이 소통하고 있는 경우를 많이 본다. 여기서 중요한 것은 정이란 시인은 이것을 행동으로만 한 것이 아니라 이렇게 표현하며 아이와 소통하고 있는 모습을 한 편의 시로 완성시켰다는 것이다.

꽃을 따다 백반에
꽃물 내던 그날
손톱 끝에 쌓아주셨지

그렇게 물들였단다
곱디고운 손가락에 물 들인
그 시절 아련하게 추억으로 남는다

고운 주황색으로 물든 열 손가락
색이 빠질까봐 조심조심

딸아이 손가락에 꽃물을 올려놓으며
고운 추억 꺼내어 소담소담 전해준다
-'9월의 봉숭아꽃' 전문

어머니의 어머니로부터 이어져 온 봉숭아물을 들이며 딸아이와 소통하는 어머니의 모습은 어떤가? 자녀와의 소통부재가 사회적인 문제로 부각되고 있는 요즘에 어머니들에게 귀감이 되는 소통의 시로 손색이 없다. 시인의 시가 오랫동안 가슴에 여운을 남기는 이유가 여기에 있다.

3. 일상의 행복을 진솔한 언어로 노래하는 시인

시를 보면 시인이 보이고, 시인을 보면 시가 보인다. 지금까지 우리는 수많은 시를 보며 시인을 봐왔고, 수많은 시인을 보며 시를 봐왔다. 가장 좋은 것은 시와 시인이 일치하는 것인데, 우리 주변에는 이 둘이 부조화를 이루는 경우도 많이 있다. 간혹 시는 좋은데 시인이 아닌 경우가 있어 실망할 때가 있고, 시인은 좋은데 시가 아닌 경우가 있어 속상하는 이유가 여기에 있다.

정이란 시인의 시에 대한 평가는 독자의 몫이다. 내게 남은 몫은 독자들이 잘 모르는 시인을 조금이라도 더 많이 알려주는 것이다.

쌀을 씻듯
정성을 다 하여
불순물을 제거하고
깨끗하게 씻어
골고루 안쳐 밥을 짓듯
정성이 필요하고
뜸을 들이듯
영양분이 필요하고
서로의 몸에 맞게
골고루 섭취하듯
시를 짓는다

시인은 밥을 짓듯
영양 듬뿍듬뿍
섭취할 수 있도록
시를 짓는다
-'시인' 전문

   내가 아는 시인은 곧 시 자체다. 즉 시인과 시가 일치한다는 뜻이다.
시인은 한 편의 시를 써도 사랑하는 가족을 위해 쌀을 씻고 밥을 안치듯,
내 주변의 모든 사람들에게 영양분을 듬뿍듬뿍 나눠주는 마음으로 정성
스레 짓고 또 짓는다. 일상을 시처럼 사는 진솔한 시인이다.

하늘만큼 맑은 날
우수수 쏟아지는 윤슬
눈살을 찌푸리고
한가득 빨래를 넌다

눈부시게 맑은 날
머그컵 하나 가득 커피를 담고
베란다 한쪽 끝 러브체어에
기대고 앉아
맘껏 햇살을 받아
비타민 충전한다
깊숙이 태양을 쬐며
두 다리 창가에 올려놓고

한 모금 한 모금 커피향으로
이 순간을 즐겨본다
-'햇살 가득 창가에 머무를 때가 있다' 전문

시인은 사랑을 결코 먼 곳에서 찾지 않는다. 그러기 때문에 시인의 사랑
타령은 현실감이 있다. 구체적이라 쉽게 다가오고, 묘하게 끌어당기는 힘
을 갖고 있다. 일상에서 사랑을 찾게 만드는 묘한 매력을 발산하고 있다.

햇볕 가득한 마당에
평상 깔아 놓고
큰 대자로 누워
햇살을 쬔다

그러다 평상 위에서
커다란 그릇 하나에
뜨거운 밥
고추장
참기름
뽀글 된장
고추 가득
햇살 더해
쓱쓱 비벼가며
사랑 가득 행복을 채운다
-'사랑 가득' 전문

사랑은 소유하는 것이 아닙니다
서로가 얼마나 지키느냐에 있습니다
우리 매 순간
아낌없이 사랑하며 살아요
-'소유하지 않은 사랑' 중에서

모든 것을 다 가져본 백만장자가 "행복은 돈이 전부가 아니다"라고 하는 말과 쥐뿔도 없는 사람이 당장 처자식이 굶주림에 허덕이고 있는데 "행복은 돈이 전부가 아니다"라고 하는 말이 결코 같은 뜻으로 들릴 수 없다. 마찬가지로 사랑은 누구나 노래할 수 있고, 올바른 삶의 자세에 대해서는 누구라도 쉽게 말할 수 있다. 하지만 그 말의 뜻을 어떻게 받아들이냐는 것은 전적으로 독자의 몫이라는 것을 다시 한번 강조하고 싶다. 정이란 시인이야말로 시처럼 사는 시인이기에 그 진정성을 의심할 여지가 없다는 것을 꼭 밝혀두고 싶다.

4. 비유와 상징으로 소통과 힐링을 향유하는 시인

지금 무엇을 바라보고 있나요
그대는 어딜 보고 있는지
그대는 함께 하는 이가 아픈 줄도 모르는 건가요
아님 무심하여 나 몰라라 하나요

기다림에 지쳐버리면
자신조차 몰래 돌아서 버리는 법입니다

그대 어딜 보고 있나요
나는 그대를 보고 있거늘
-'기다림에 지쳐버리면' 전문

세상에 상처 없는 사람은 없다. 중요한 것은 그 상처를 어떻게 대하느냐는 것이다. 아무리 작은 상처라도 가슴 속에 꼭꼭 품고만 있으면 응어리가 되어 소통의 장애를 일으키는 트라우마로 작용할 수 있다. 하지만 아무리 큰 상처라도 잘 표현하고 더불어 힐링하는 과정을 거쳐 나가면 아무 것도 아닌 것처럼 벗어던질 수 있다.

심리상담에서 상담자는 내담자가 자신의 상처를 있는 그대로 표현하도록 이끌어 나간다. 내담자가 내면의 있는 상처를 표현함으로써 스스로 그 상처를 털어낼 수 있도록 이끌어 주는 것이다.

이것은 소통과 힐링의 시창작에서 매우 중요한 부분이다. 단지 차이가 있다면 심리상담에서 내담자는 상담자라는 리더가 이끌어주는 대로 따르면 되지만, 시창작에서는 시인이 스스로 그것을 풀어 나가야 한다. 자신의 상처를 스스로 표현해가며 응어리를 털어나가야 한다. 이 부분에서 정말 세심한 주의가 필요하다. 어떤 이들은 내면의 상처를 여과 없이 글로 표현하는 이들이 있다. 하지만 이것은 정말 위험한 행동이다. 그렇게 드러낸 상처가 자칫 자신에게 더 큰 상처로 돌아올 수 있다. 그 글을 통해 미처 나와 소통할 준비가 되어 있는 않은 이들에게 나를 깎아 내리는 빌미를 제공할 수 있고, 또는 그렇게 여과 없이 표현된 글을 보고 주변에서 상처받는 사람이 생기면서 그것이 부메랑으로 내게 되돌아 올 수 있다. 오히려 글로 표현하지 않은 만도 못한 결과를 초래할 수 있는 것이다.

그런 점에서 정이란 시인은 매우 중요한 방법을 알려주고 있다. '기다림에 지쳐버리면'이라는 시의 스토리는 시인 자신의 것일 수 있고, 짝사랑의 상처를 안고 있는 제삼자의 것일 수 있다. 여기서 스토리의 주인공이 누구냐는 것을 밝히는 것은 그리 중요하지 않다. 시인은 시를 쓰면서 이 시의 화자와 감정이입을 하면서, 독자는 시를 향유하는 과정에서 이 시의 화자와 감정이입을 하면서 내면의 상처를 치유해 나가는 자리를 마련한 것이다.

자꾸 보고 싶고
자꾸 생각이 나고
자꾸 눈물이 나는
내 맘 조절이 안 돼

지워야 하는데
잊혀져야 하는데
그게 그게 말이야
내 맘대로 안 돼

나 고장났나 봐
-'내 맘대로 안 돼' 전문

시는 비유와 상징의 문학이다. 구체적인 스토리를 사실적으로 표현해야 하는 산문보다 비유와 상징을 통해 돌려서 말할 수 있기 때문에 잘만 활용하면 더할 나위 없는 소통과 힐링의 도구로 활용할 수 있다. 시인은 시를 쓰는 과정에서 내면의 상처를 털어낼 수 있고, 독자는 시를 향유하는 과정에서 세상에 나와 같은 아픔을 갖고 있는 사람이 또 있다는 것을 위안으로 삼아 자연스레 내면의 상처를 치유해 나갈 수 있을 것이다.

어디 하나 아프지 않은 곳이 없어요
걸음을 옮길 때마다 가시에 베이고
베인 상처는 쓰라리다 못해
엉켜버린 상처들의 훈장

화려한 꽃망울을 자랑하면서
온몸은 가시로 날카로운 날을 세우고
마치 가까이 다가오면
심장을 찌를 듯하네요

누가 그대에게 상처를 주었나요
온몸을 무장하여 가시 갑옷을 입었거늘
언제까지 상처받지 않으리라
뜨거운 심장 가시 속에 숨겨두었어요
-'엉경퀴' 전문

'엉경퀴'는 시인일 수도 있고, 독자인 우리 자신일 수도 있다. 상처를 치유하는 방법 중에 하나가 이것이 나만의 것이 아니라는 것을 인식해 나가는 것이다. 혼자 가슴에 안고 있으면 더욱 깊은 병이 되지만, 그것이 누구나 다 겪는 일이라는 것을 알고 나면 별거 아닌 것으로 흘려버릴 수 있다. 그것이 곧 치유이고, 힐링이다.

시인은 일상에서 쉽게 볼 수 있는 '엉겅퀴'를 통해 동질감을 느끼며 우리 모두 가슴 속 상처를 치유하고, 힐링하는 시간을 향유하도록 기회를 제공해 준다.

5. 일상을 시로 소통하며 시의 향기를 풍기는 시인

꼬물꼬물 피어나는
앙증맞은 욕망
행복으로 고개를 든다

머리카락 떨릴 때 넌지시
흔들어 오는 바람에
온몸 다해 향기를 싣는다

정상을 향해 오르니
그 기쁨 말할 수 없고
힘껏 고개 들어 하늘에라도
힘을 실어 내밀어 본다

눈으로 본다
향기가 되어 가는 것을

정상에서 만난 사람들
시 한 수 낭송하니
돌아오는 향기 펴져 오른다
- '풀꽃에도 향기가 있다' 전문

시인은 등산이 취미라 한다. 심신의 건강을 위해서, 주변 사람들과 원활한 소통을 위해서 선택한 취미라 한다. 일행과 함께 정상에 올랐는데 동료들이 시인에게 시 낭송을 요청했다고 한다. 시인은 일상에서 시로 소통하며 시처럼 사는 삶을 실천하기 위해서 그 자리에서 시를 낭송했다고 한다. 그야말로 일상을 시처럼 사는 시인의 단면을 보여주는 이야기다. 그야말로 어디에서건 '향기를 풍기는 풀꽃처럼', 어디에서건 시향을 풍기는 시인의 삶에 아낌없는 찬사를 보낸다.

그대 행복한가요
그대 기쁜가요

행복해하는 모습이 보이네요
기뻐하는 모습이 보여요

사랑이 싹트고 있군요
얼굴이 환해졌어요

사랑의 꽃이 피었네요
해피트리처럼 싱그러워요

아시죠
행복은 마음에서
시작하는 거

그대 앞에 서서
행복합니다
-'그대 앞에' 전문

　행복하고 싶으면 행복한 사람과 함께 하라고 했다. 그런 점에서 시를
통해 행복을 노래하는 이들과 함께 하는 나는 정말 행운이다. 정이란 시
인처럼 일상에서 행복을 추구하는 이를 만날 수 있어서 좋았고, 앞으로
〈소통과 힐링의 시〉를 통해 함께 할 독자들을 생각하면 저절로 입가에
미소가 지어진다. 이 얼마나 행복한 일인가?

저 멀리 아지랑이
반짝이며 밀려오는 윤슬바다
커다란 바위 밑이 작은 돌멩이였음을 알았을 때
담장 밑에 작은 풀꽃은 가장 낮은 곳에서
활짝 웃는 들꽃이 되었다
-'담장 아래 작은 풀꽃' 중에서

가장 낮은 곳에서 가장 높은 곳으로

올라가도 교만하지 않는

오늘을 살아가는

그런 꽃처럼 살고 싶다

-'꽃처럼 살고 싶다' 중에서

나도 담장 아래 작은 풀꽃처럼, '꽃처럼 살고 싶다'는 정이란 시인처럼 살고 싶다. 행복은 행복을 노래하는 사람 곁에 머문다. 따라서 행복하고 싶으면 행복을 노래하는 사람 곁으로 가는 것이 현명한 방법이다. 이제 나는 독자님들과 함께 행복을 노래하는 정이란 시인의 향기 속으로 빠져들었다.

이렇게 일상을 시로 소통하며 시처럼 사는 정이란 시인을 알게 되고, 그 시인의 향내를 수많은 독자님들과 함께 향유할 수 있어서 정말 기쁘다.

쪽지시인으로 함께 할 수 있어 행복합니다

이 시간 저는 행복합니다. 시인으로 글을 쓸 수 있다는 설렘과 아이들에게 감성으로 소통하는 엄마로 살 수 있다는 것이 큰 행복으로 다가옵니다.

메모 노트에 차곡차곡 쌓여가는 아이들과의 쪽지사랑을 보며, '소통도 보통 정성이 아니구나?'라고 느껴봅니다. 쪽지로 주고 받은 마음을 알아주는 아들과 두 딸은 행복한 가정을 이루는 씨앗이었고, 저에게는 그것이 곧 시였습니다. 어려서부터 자녀들과 일기로 소통하기를 시도했는데, 지금 생각해 보니 아주 성공적이었다 말하고 싶습니다. 쪽지로 주고 받은 세월이 이제는 제게 큰 희망과 교훈으로 다가옵니다.

쪽지시인으로 소통과 힐링을 하며 감성의 사랑을 노래하는 시인이 되겠습니다. 지켜봐 주시고 함께 사랑해 주셨으면 합니다.

"작가는 마음으로 말해야 한다."

황순원 교수의 말씀처럼 시를 통해 독자들과 소통하고 싶습니다. 매일 시와 수필을 쓰면서 세상을 배워갑니다.

이 자리를 빌려 저를 사랑하는 모든 분들께 깊은 감사를 드립니다. 아울러 제 시와 수필의 모티브를 제공해주는 사랑하는 쪽지 대상인 아들과 두 딸에게 진심으로 고맙다는 마음을 전하고 싶습니다.

감사합니다.

2016년 8월 하순에 정이란